Ye

1093

ODES
SVR LE VOYAGE
DV ROY.

M. DC. XX.

AV ROY.

SIRE,

L'excés de voſtre vaillance a fait vn tel effort en mon eſprit, que ie n'ay peu ſi bien le retenir dans les bornes de ſa condition Ecleſiaſtique, qu'il n'ait ceſſé pour vn temps de chanter les loüanges de Dieu pour celebrer les voſtres : En fin SIRE, cet admirable ſuccez de vos victoires a fait dire encore vn coup aux Eſtrangers, que de tous les Royaumes de l'Europe, celuy de France eſt le plus eſtimé, non pas tant pour l'étenduë de ſes terres, comme pour la recommandation de ſes loix, par leſquelles Dieu maintient la puiſſance abſoluë en la main du Prince & ſucgere l'obeiſſance au cœur des ſubjets. Votre Majeſté a fait ſentir n'agueres à ceux qui vouloient douter de ceſte maxime, qui prit auſſi toſt naiſſance que la Royauté, que leur pouvoir ne s'etend qu'en la priere qu'ils doivent faire à Dieu de vous obliger à bien vſer de cette puiſſance, contre laquelle perſonne n'a droict de ſe plaindre, & vous avez fait cognoiſtre aux Eſtrangers, qui iettoient tous les yeux

A ij

fur voftre premier coup d'effay de guerre, que vous n'aviez d'impuiffance, qu'en ce que vous ne pouvez faire, que ceux qui naiffent en voftre Royaume ne foient ou ne doivent eftre vos tres-humbles fujets. Nous confeffons, S I R E, que cette puiffance fouveraine fut donnee de Dieu en l'election du premier Roy: auffi ne lifons nous point d'exemple de contredit par les peuples, que la punition n'en foit enfuivie : face le Ciel deformais que toutes les Provinces de France reçoivent cette divine doctrine, à fin de donner temps à voftre courage de porter vos armes victorieufes, ou votre Grand Henri defignoit de faire bruire les fiennes. Ce fera lors, S I R E, que redoublant mon petit labeur, le regret de la defolatiõ de mon Païs n'étouffant plus ma voix, ie témoigneray par mes vœux & mes écrits, que i'ay toujours été,

De voftre Majefté,

Tres-humble & tres-obeyffant fujet & feruiteur
C A L L I E R.

ODE PREMIERE,

SVR LES DERNIERS
TROVBLES.

Epuis qu'vn cruel parricide,
Viola sur le corps d'Alcide,
Les plus saints cayers de nos lois:
Le destin pour vanger sa perte,
A toujour eu la main ou verte,
Pour combler de maux le François

Comme vne Ource outree de rage
Voyant l'inesperé carnage,
De son part encore imparfait,
Ne semble pas estre assouuie,
Pour auoir arraché la vie
Au Veneur surpris sur le fait.

Mais d'ongles crochus qu'elle serre,
Elle soüille de sang la terre,
Qui soutient le corps tout perclus,

B

Puis comme la rage la pouſſe,
Doublant ſecouſſe ſur ſecouſſe
Elle démembre le ſurplus.

Ainſi nos miſeres diverſes,
Ainſi nos cruelles traverſes
Naiſſent de ce premier malheur,
Nos maux ſe ſuyvans file à file,
Vont & courent de ville en ville,
Traînant la crainte & la douleur.

D'vn mal ébranlant cét Empire,
Vn mal renaiſt encore pire,
D'vn ennuy s'accroiſt vn méchef,
Vn debat, vn effroy fait naitre,
Et chacun voulant eſtre maitre
S'efforce de gaigner le chef.

A quel poinct fieres deſtinees
Auez vous reduit les annees
De cet Empire floriſſant:
Dequoy deuiendra cet oracle,
Qu'vn Roy de France ſans obſtacle
Doit fouler aux piés le Croiſſant.

Seroit-ce point que ce barbare,
Qui dé-ja des Germains s'empare,
Faiſant profit de nos malheurs,

Viendroit au plus fort de nos guerres,
Bruslant & ravageant nos terres,
Changer son Croissant en nos fleurs.

Pauvres François que vostre race,
Portant la honte sur la face,
Les fers aux piés, l'empoule aux mains:
Pour les Turcs faisant la recolte,
Accuseroient votre revolte,
Et vous publiroient inhumains.

Nos Lis qui commencent d'étendre
Leurs fleurons pour un iour épendre,
Leur odeur par tout l'Vniuers,
Foibles encor en leurs racines,
Doivent craindre que ces ravines
Ne les jettent tous à l'envers.

A combien proche du naufrage,
Nous auoit poussé cet orage,
Qui s'étoit elevé sur nous,
Qui ne craint encor la tempeste,
Et que Dieu dessus nostre teste,
Ne lasche en fin tout son courrous.

Garantis du premier desastre,
Nous commencions auec cet astre,
Qui meurist tout en sa saison,

De guinder plus haut notre attente,
Chacun penſant d'ame contente
Serrer ſes fruits en ſa maiſon.

    Mais voila qu'vn plus cruel trouble
La crainte de nos maux redouble,
La terre gemiſt ſous le faix,
Le peuple effroyé de gend'armes,
N'a plus de recours qu'à ſes larmes
Pour penſer retenir la paix.

    Donques toujours dans nos familles,
Parmy nos femmes & nos filles,
Nous logerons les étrangers,
Et nos peres pleins de vieilleſſe,
Preſſez de dueil & de triſteſſe,
Courront des eternels dangers.

    Quoy toujours noſtre brave Prince,
Ira de Prouince en Prouince,
Pour terminer tant de debats,
Puis rendurcy deſſous la peine,
Ainſi qu'vn ſimple Capitaine
Courra le hazard des combats?

    Genereux & puiſſant Monarque,
C'eſt bien vne fidelle marque,
Que tu deſcens du ſang des Dieux:

Ton pere en sa jeunesse tendre,
Fut ainsi contraint de deffendre
L'heritage de vos ayeulx.

Mais quelle fureur nous possede,
De vouloir donner vn remede
Plus dangereux que la cuisson,
La potion trop violante,
Souuent cause vne fievre ardante
Au corps qui n'avoit qu'vn frisson.

Quelle honte à tant de cohortes,
De vouloir enfoncer les portes
Qu'elles ont autrefois gardé,
Grand Roy, ceux qui font ces pratiques,
Deuant toy baisseront leurs piques,
Si tost qu'ils t'auront regardé.

Les bons Genies des Provinces,
Anges tutelaires des Princes,
Guideront l'heur qui t'est promis,
Et l'effroy que prend vne armée,
De terreur panique alarmee,
Troublera tous tes ennemis.

L'airain bruyant de tes trompet es
Les renuoira dans leurs retraites,
Premier qu'vn seul coup soit rué,

Et les murs des villes par terre,
Au seul éclair de ton tonnerre,
Te feront croire un Iosué.

Ceux qui seroient épouuantables
Aux nations plus redoutables,
Contre toy n'auront point de bras,
L'estoc dressé contre le maistre,
Tant fort & pointu qu'il puisse estre
Sans effet doit tomber à bas.

Le Dieu fort dont l'image sainte
Sur le front des Rois est empreinte,
Soustient le juste & l'innocent,
Qui contre son Oinct se presente,
Tost ou tart il faut qu'il ressente
La rigueur de son bras puissant.

Ingrats François quelles tempestes
Attirez vous dessus vos testes,
En vous retirant du devoir,
Hé! lequel d'entre vous espere,
Vaincre le fils de qui le pere,
Mit les vostres sous son pouuoir.

A quoy tant d'appareils funestes,
Si ce n'est pour perdre les restes,
Du naufrage par luy sauvez,

Lors que dans les pleines Belgiques,
Il detourna les coups de piques,
Que vous mesme eußiez esprouués.

Le bruit de voſtre vitupere,
Le reveilla comme vn bon perè,
Qui court au cri de ſon enfant:
Mais par vos reuoltes frequentes,
Comme des hydres renaiſſantes,
Vous allez ſa gloire étouffant.

Tous les triomphes qu'on luy dreſſe,
Ne font qu'augmenter ſa triſteſſe,
Apres vous auoir combatus,
Il fuit ces victoires Cadmees:
Car les grands Palmes Idumees,
Sont le ſeul prix de ſes vertus.

O grand Dieu qui prens la deffence,
Sur tous les Rois d'vn Roy de France:
Si iamais nous fuſmes oüis,
Sur le Turc detourne l'orage,
Et donne que l'olive ombrage
Pour toujours le front de Loüis,

AV ROY,

SVR SA VICTOIRE.

ODE DEVXIESME.

'Augufte naiſſance des Princes,
Dieux viſibles de l'Vniuers,
Veut qu'au milieu de leurs Prouinces
On les celebre par des vers,
Qui n'ayent rien de populaire,
Afin que leurs geſtes fameux,
Aux peuples qui viuent ſous eux,
Seruent de guide & d'exemplaire.

Celuy qu'Apollon fauoriſe,
Plongeant ſon corps en meſme bain,
Les chantant, ſon œuure diuiſè
A l'égal du replis Tebain,
Il commence par vn Anceſtre,
De grace & d'honneur reueſtu,
Afin qu'vne étrange vertu,
Flate l'oreille de ſon Maitre.

Puis

Puis quand il voit que ce Monarque,
S'éueille au son de ses accords,
Et que plein de joye il remarque
A certains mouuemens de corps,
Que son ame se sent émuë:
C'est lors qu'ayant l'esprit plus chaut,
Montant le lut d'vn ton plus haut,
Son démon plus fort le remuë.

Il louë l'extreme prudence,
Dont son conseil est estimé
Et vante encor la clemence,
Qui le rend de son peuple aimé:
Il chante apres de voix plus forte,
Les couronnes & les loriers,
Que ce miracle des guerriers,
Sur son diadesme supporte.

Ainsi moy qui tient cette grace,
De n'auoir iamais publié,
Que les grands Princes de ta race,
Par vn vers trois fois replié,
Ie veux que ta grandeur nouuelle,
Dont l'éclat éblouïst nos yeux,
Passant celle de tes ayeux,
D'âge en âge volle eternelle.

D

Il eſt temps puis que ton courage
Produiſt de ſi nobles effets,
De me ſeruir de l'aduantage,
Que donnent dé-ja tes hauts faits,
Afin mon grand Roy, que ta gloire
Soit plus viue par mon labeur,
Et que mon ouurage ait l'honneur
D'eſtre cognu par ta victoire.

Les Muſes qui prennent naiſſance,
De meſme ſang que font les Rois,
D'elles-meſmes ont bien puiſſance
D'aller vanter en mille endroits,
Vn Prince, qui çà bas demeure:
Mais ſi ſa vertu ne combat
Contre le vice, & ne l'abat,
L'homme & les vers meurẽt ſur l'heure.

Il faut à l'exemple d'Hercule,
Qui domtoit tout ſous ſon pouuoir,
Que l'effroy iamais ne recule
Vn grand Prince de ſon deuoir
Quelque hazart qui ſe preſente:
Iadis les heros demi-dieux,
Ne peurent regagner les cieux,
Qu'au prix de la peine cuiſante.

Chiron qui nourriſſoit Achille,
De moelle des animaux,
Le rendit à la courſe agile,
Et propre à ſoufrir tous les maux,
Qu'il receut au ſiege de Troye;
Il apprit ſi bien aux forets,
A courir & tendre ſes rets,
Que le grand Hector fut ſa proye.

Cet Heros l'honneur de la Grece,
Deuant qu'il hantaſt les combats,
Au poinct de ſa tendre jeuneſſe,
Suiuoit la chaſſe en ſes ébats:
Mais lors qu'il ſentit que la force
Luy redoubloit auec les ans,
Il montra que ces jeux plaiſans,
Ne ſeruent aux grands que d'amorce.

Sa dextre pouſſant la ſagette,
Qui blaiſſant donnoit gueriſon,
La mort d'vn amy qu'il regrette,
Changeant ſon courroux en raiſon,
Tant de combats deuant Pergame,
Font voir ce qu'Homere euſt perdu,
Si ſon cœur euſt toujours rendu,
Des vœux ſur le ſein d'vne dame.

Ainfi voyons nous grand Alcide,
Efpoir des peuples opprimez,
Que les faits de ce Peleide,
Sont dans ton efprit imprimez:
Car la chaffe, métier des Princes,
Qui t'a rendu fi vigilant,
Eft caufe qu'on t'a vû volant,
Au fecours de tant de Prouinces.

Qu'on ne vante plus pour miracle,
Les faits merueilleux du Romain,
Qui croyoit parlant en oracle,
Qu'on n'eut fi toft tourné la main,
Comme fa victoire fut promte,
S'il fut de tant d'heur couronné,
Le ciel ne t'a pas moins donné,
Car tu vas, tu vois, & tu domte.

Ton pere qui du ciel regarde,
Tout ce qui fe fait icy bas,
Et qui d'vn œil riant prit garde,
Au premier heur de tes combats,
Suiuis auec tant de vaillance,
T'avoüa pour digne heritier
Mais le plaifir fut tout entier
Te voyant vfer de clemence.

Pouffé

Poußé d'vne louable enuie,
Ouurant le liure du deſtin,
Pour voir par le cours de ta vie,
Quels exploits tu mettrois à fin,
Il vit toutes ſes entrepriſes,
Et tous ſes deſſeins projettez,
Et ſ'émeut que tant de citez,
Par ta vaillance fuſſent priſes.

Il vit de ſes terres natales
Tous les peuples qui t'attendoient,
Et d'obeyſſances loyales,
Leurs humbles offrandes rendoient:
Il vit ta teſte enuironnee
De rameaux tors à pluſieurs plis,
Et la France auec ſes trois Lis,
Des Alpes & du Rhin bornee.

Vn peu plus haut portant la vuë,
Il vit tout ce qui t'eſt promis,
Par vne grace non preuuë:
Mais de le dire il n'eſt permis,
Car vn nuage l'enuelope,
Toutesfois il vit à l'écart
Ton frere te quittant ſa part,
De tout ce qu'enſerre l'Europe.

E

Le desir de franchir les bornes,
Qu'Hercule à ce monde imposa.
Et l'ardeur de couper les cornes
A ce Turc, qui barbare osa
Chasser tes peuples de ta terre,
Ce desir vous prenant tous deux,
Vous fera sortir hazardeux,
Des Gaules pour faire la guerre,

Ce Prince ayant couuert les pleines,
De jambes de bras & de sang,
Et rendu des preuues certaines,
De l'honneur qu'il doit à ton rang,
Chargé de gloire nompareille,
Te conduira iusque à Paris,
Puis suiuy de gens aguerris.
S'ira rembarquer à Marseille.

Cent galeres qu'on tiendra prestes,
Pour vn depart ainsi soudain,
Seront l'apuy seul des conquestes,
Qu'il fera dessus le Iourdain,
S'il reste en passant dans la Poüille,
Vn peuple qui soit reuolté,
Aussi tost l'ayant redonté,
Il t'en enuoira la dépoüille.

Mais il faut qu'vn temps plus commode,
Soit reservé pour ses trauaux,
Et que ie finisse mon Ode,
Par toy qui fay cesser nos maux,
Les honneurs que l'on te doit rendre,
Comme vaillant & comme Roy,
Impriment en nous cette loy,
Que personne ny doit pretendre.

    O Prince l'honneur de ton âge,
A qui les cieux ont destiné,
Tout le rond du monde en partage,
Loin deuant que tu fusses né:
Premier que ces choses soient faites,
Combien vaincras-tu de labeurs.
Et combien de grosses sueurs,
Tomberont du front des Poëtes.

ODE SAPHIQVE RIMEE ET MESVREE.

AV ROY.

Ïamais nos vœux quequefois acomplis,
Ont été portez à l'oreille des Dieux,
Si jamais nos chants d'alegreſſe remplis,
Ont touché les cieux.

Sus venez François d'vne bruſque verdeur,
Eleuez vos cœurs é quités voſtre éfroy,
Qu'vn chacun épris é d'amour é d'ardeur
Vante ce grand Roy.

Grand LOVIS, grand Roy, viue image des Rois,
Qui de temps en temps à la France naitront,
Ceux du Nil vn iour amoureux de tes lois,
Hymne te chantront.

Ceux du Nort encore étonnez de tes faits,
En Bearn iront adorer ta vertu,
Et devots rendront, ſoulagez de leurs fais
Leur vœu qui t'eſt deu.

Ton tableau poſé ſu' le haut d'vn autel,
Invocant ton nom donnera liberté,
Et de tous côtez de ce monde mortel,
Il ſera vanté.

Si que dés l'Indois ou le iour ſe fait voir,
Iuſque ſur ces monts tout le peuple accourra,
Et comme vn des dieux le matin, & au ſoir,
Il te benira.